LÀ OÙ L'OCÉAN RENCONTRE LE CIEL

The Fan Brothers

Lucas vivait près de la mer,
et la mer vivait près de Lucas.
C'est une journée idéale pour sortir en mer,
aurait dit son grand-père.

Lucas se souvenait bien de la voix de son grand-père.

Il lui parlait souvent d'un endroit lointain où l'océan rencontre le ciel.

Son grand-père aurait fêté
ses quatre-vingt-dix ans aujourd'hui.

En son honneur, Lucas décida
de construire un bateau.

Un bateau assez solide
pour faire un long voyage.

Un long voyage qu'ils avaient
préparé ensemble.

Mais construire un bateau
demandait beaucoup d'efforts.

Lucas décida de faire
une petite sieste dans la cabine.

Quand il se réveilla, il sentit le roulis du bateau qui le berçait doucement.

Le voyage avait commencé !

«Jamais je n'aurais imaginé me sentir
aussi seul en mer», déclara Lucas
au bout de quelque temps.

Un énorme poisson d'or l'entendit.

«Connais-tu l'endroit où
l'océan rencontre le ciel?
lui demanda Lucas.

— C'est partout et nulle part, et aussi profond que l'océan,
répondit le poisson d'une voix qui fit trembler le bateau de Lucas.

– C'est tout en haut et tout en bas,
et très loin d'ici. Je peux t'y emmener. »

Il suivit le poisson d'or jusqu'aux îles Bibliothèques sur lesquelles une centaine d'oiseaux studieux étaient perchés.

Ensuite, ils visitèrent
l'île aux coquillages géants...

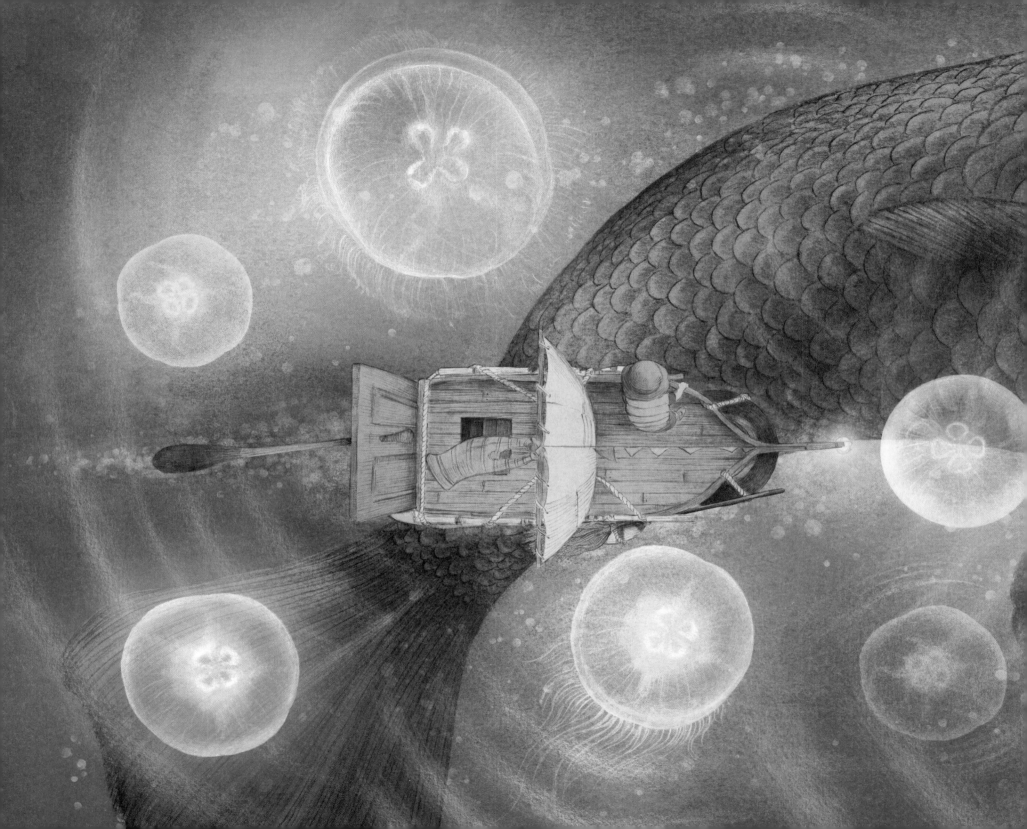

Puis ils traversèrent la mer
des méduses dansantes.

Soudain, Lucas découvrit avec émerveillement
le spectacle étonnant qui s'offrait à lui.

Avait-il enfin atteint
le lieu dont son grand-père
lui avait si souvent parlé ?

Cet endroit magique où l'océan rencontre le ciel?

Son bateau décolla
doucement de la mer...

... ou alors était-ce la mer
qui s'était retirée ?

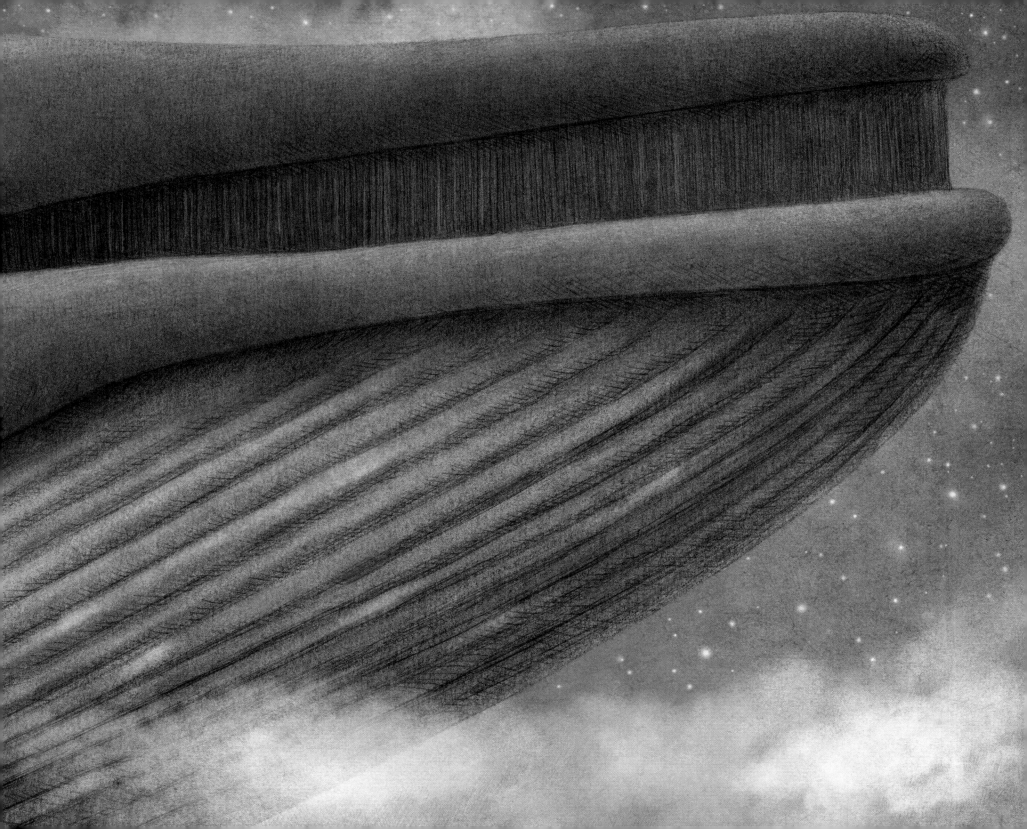

Le poisson d'or nageait vers la lune.

Lucas le suivit. Il voulait faire ses adieux.

Les questions se bousculaient
dans sa tête. Au loin,
une voix l'appela...

« Lucas ? »

« Lucas, réveille-toi, il est l'heure de passer à table, lui dit sa maman.

J'ai préparé les raviolis de grand-père. »

Lucas fixa l'horizon, au-delà de la mer,
vers cet endroit magique où l'océan
rencontre le ciel.

C'était en effet une journée idéale pour sortir en mer.

À nos compagnons de voyage Lizzy, Christian et Justin.
Un grand merci à Myteemo et Mr Sky.
The Fan Brothers

Des mêmes auteurs, aux éditions Little Urban :
Le Fabuleux Voyage du bateau-cerf
Le Jardinier de la nuit

www.little-urban.fr

OÙ L'OCÉAN RENCONTRE LE CIEL
Titre original de l'œuvre : *Ocean Meets Sky*

© 2019 LITTLE URBAN pour la version française
Dépôt légal : novembre 2019
Loi n° 49-956 du 16 juillet 1949 sur les publications destinées à la jeunesse.
I.S.B.N. : 978-2-3740-8160-1

Traduction : Véronique Mercier-Gallay
Adaptation graphique : Léa Chevrier

Little Urban
57 rue Gaston Tessier
CS 50061
75166 Paris cedex 19

Achevé d'imprimer en Chine en octobre 2021 sur les presses
de RR Donnelley Asia King Yip Printing & Packaging Factory Ltd :
Daning Administrative District, Humen Town, Dongguan, Guangdong, 523930, China.